DESCUBRA MAIS

# DINOSSAUROS

## E OUTRAS CRIATURAS PRÉ-HISTÓRICAS

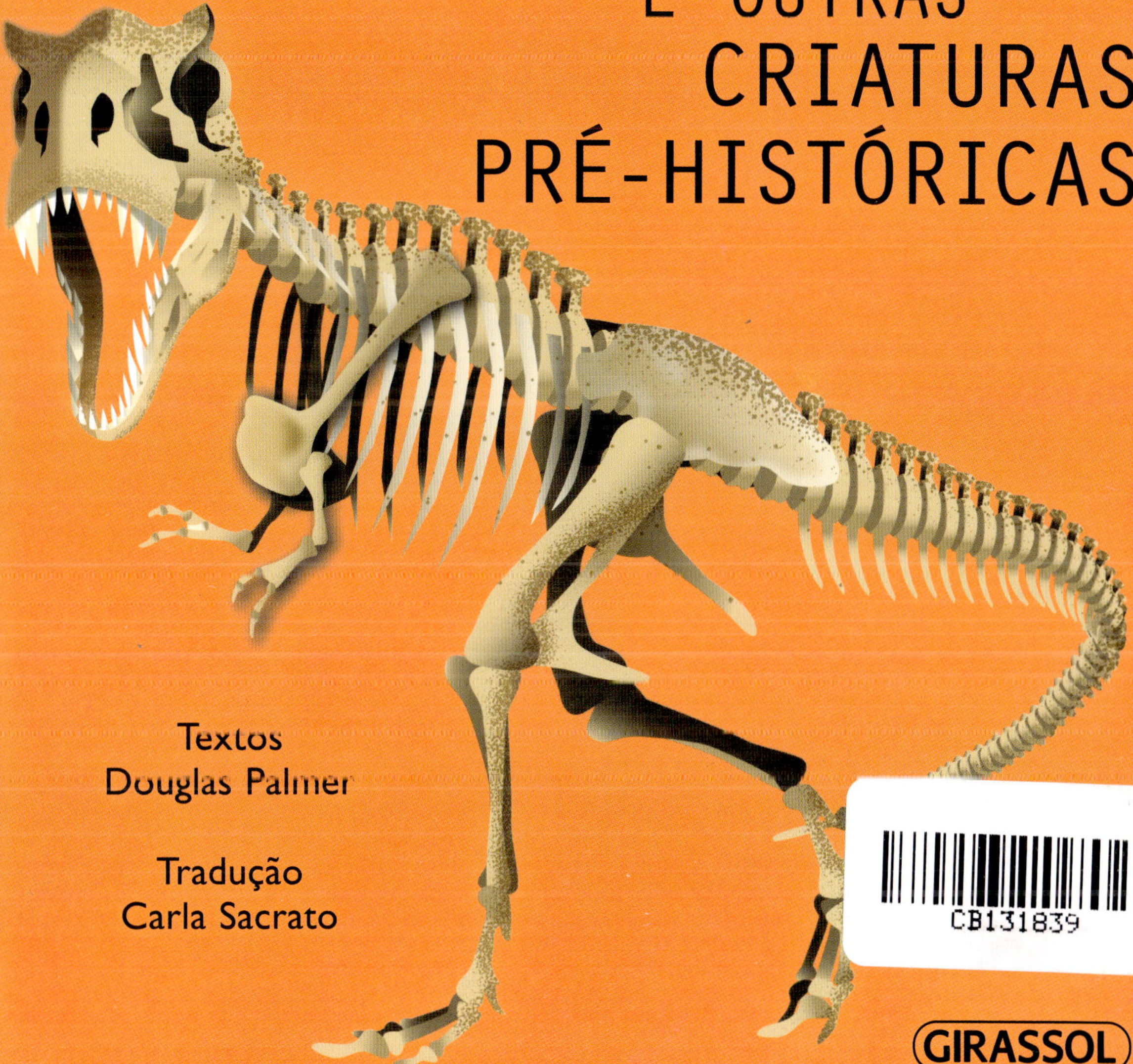

Textos
Douglas Palmer

Tradução
Carla Sacrato



GIRASSOL

**Diretora editorial:** Karine Gonçalves Pansa
**Coordenadora editorial:** Carolina Cespedes
**Assistente editorial:** Carla Sacrato e Talita Wakasugui
**Tradução e edição:** Carla Sacrato
**Diagramação:** Ingrid Hammerle Carmona

GIRASSOL BRASIL EDIÇÕES EIRELI
Al. Madeira, 162 – 17° andar
Sala 1702 – Alphaville
Barueri – SP – 06454-010
leitor@girassolbrasil.com.br
www.girassolbrasil.com.br

Escrito por Douglas Palmer
Ilustrado por Mark Ruffle, Galia Bernstein e Keri Green

Impresso na China

As palavras em **negrito** estão explicadas no glossário, na página 46.

Dados Internacionais de Catalogação na Publicação (CIP)
(Câmara Brasileira do Livro, SP, Brasil)

Descubra mais: dinossauros e outras criaturas pré-históricas/Editora Quarto; [tradução Carla Sacrato]. - 1. ed. - Barueri, SP: Girassol, 2018.

Título original: Discovery plus dinosaurs and other prehistoric creatures.
ISBN 978-85-394-2139-8

1. Dinossauros - Literatura infantojuvenil
2. Literatura infantojuvenil I. Editora Quarto.

18-12607 CDD-028.5

Índices para catálogo sistemático:
1. Dinossauros: Literatura infantil 028.5
2. Dinossauros: Literatura infantojuvenil 028.5

# DINOSSAUROS

## E OUTRAS CRIATURAS PRÉ-HISTÓRICAS

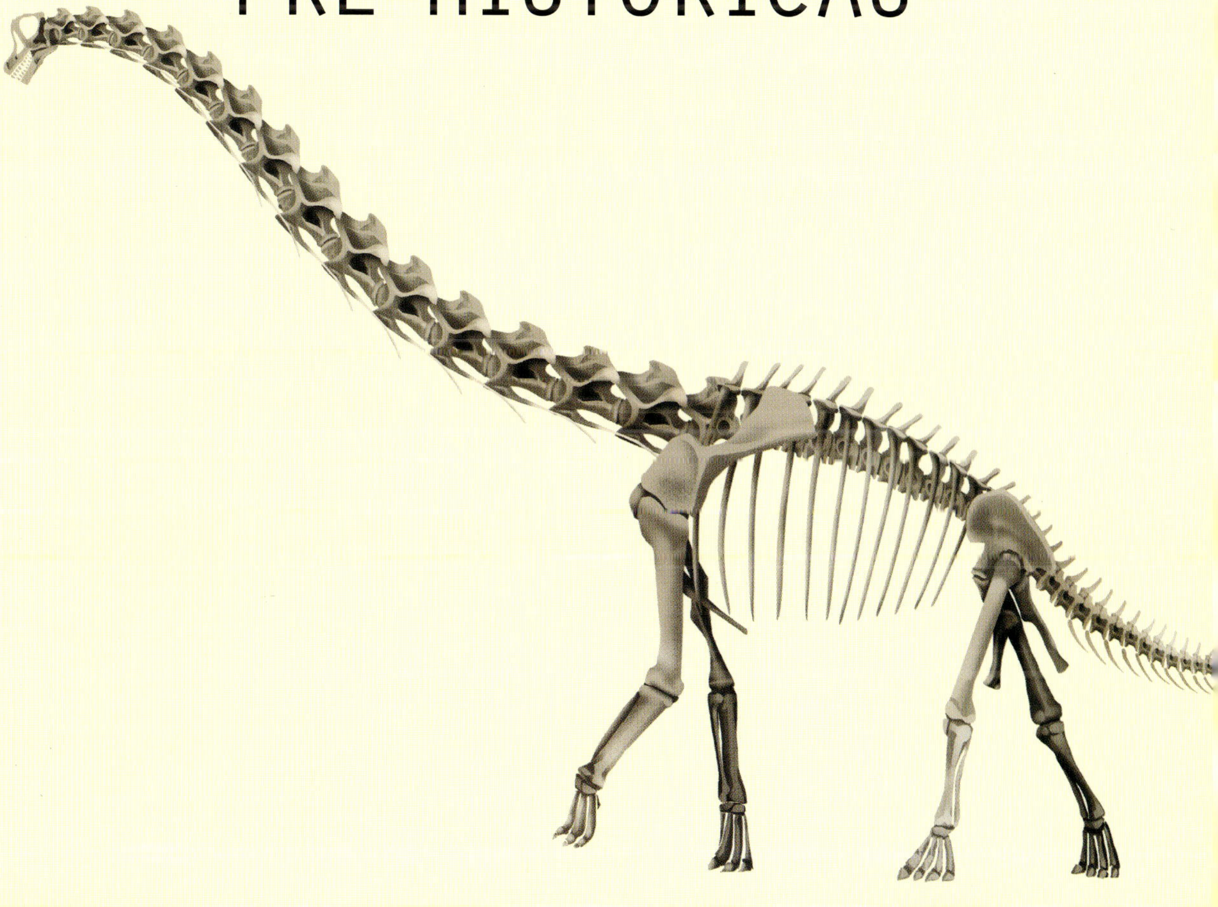

Ilustrações de **Mark Ruffle,**
**Galia Bernstein** e **Keri Green**

# SUMÁRIO

# O QUE SÃO DINOSSAUROS?

Por mais de 150 milhões de anos, um notável grupo de animais, chamado dinossauros, dominou a vida na Terra.

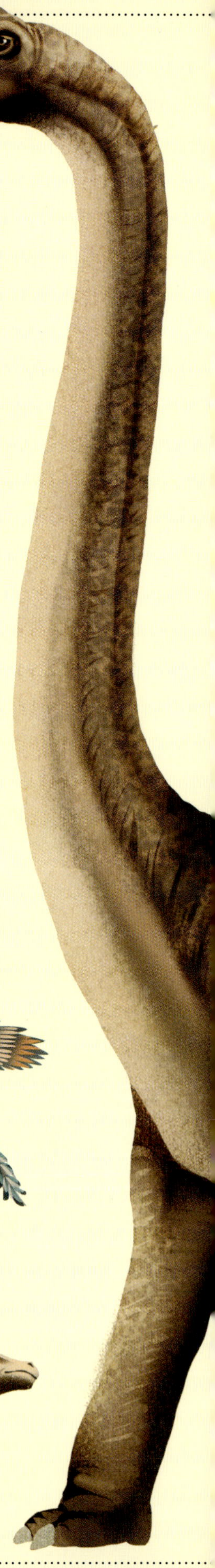

## O que eram os dinossauros?

Os dinossauros existiram em muitos formatos e tamanhos, incluindo os maiores animais que já pisaram sobre o planeta Terra – os gigantes **saurópodes** –, enquanto alguns de seus descendentes, os pássaros, evoluíram para os menores animais **vertebrados**. Entre eles estão minúsculos beija-flores do tamanho de abelhas.

## O que aconteceu com os dinossauros?

Os cientistas acreditavam que os dinossauros eram um grupo de répteis completamente **extinto**. Eles colocavam ovos, tinham pele escamosa e morreram no fim do **Período** Cretáceo, 66 milhões de anos atrás. No entanto, nem todos os dinossauros morreram. Um grupo sobrevive ainda hoje – as aves.

*Arqueópterix*

*Estegossauro*

# De onde eles vieram?

Os dinossauros evoluíram de um grupo de répteis chamado **arcossauro**. Os arcossauros, como o *Postosuchus*, dominaram a Terra cerca de 250 milhões de anos atrás até o aparecimento dos dinos. Os descendentes desse grupo são as aves e seu parente distante, o crocodilo.

*Postosuchus*

*Crocodilo*

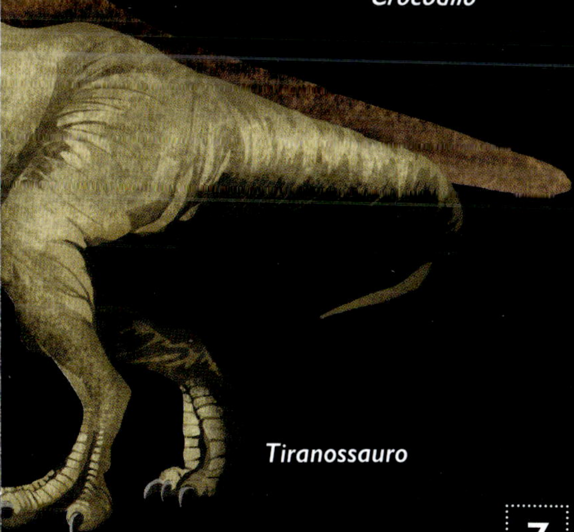

*Tiranossauro*

| | |
|---|---|
| | Hoje |
| **HOLOCENO** | |
| | 11.700 anos atrás |
| **PLEISTOCENO** | |
| | 2,6 milhões de anos atrás |
| **PLIOCENO** | |
| | 5,3 milhões de anos atrás |
| **MIOCENO** | |
| | 23 milhões de anos atrás |
| **OLIGOCENO** | |
| | 34 milhões de anos atrás |
| **EOCENO** | |
| | 56 milhões de anos atrás |
| **PALEOCENO** | |
| | 66 milhões de anos atrás |
| **CRETÁCEO** | |
| | 145 milhões de anos atrás |
| **JURÁSSICO** | |
| | 201 milhões de anos atrás |
| **TRIÁSSICO** | |
| | 252 milhões de anos atrás |

## Pernas pra que te quero!

Uma das chaves para o sucesso dos dinossauros era a forma como eles ficavam de pé. A maioria dos répteis, como os crocodilos, tem suas pernas achatadas nas laterais de seus corpos, o que dificulta a movimentação. Os membros dos dinossauros, como o *Dilofossauro*, ficavam diretamente abaixo de seus corpos, exatamente como os mamíferos atuais. Isso facilitava aguentar o próprio peso.

*Saurópodes*

## Quando os dinossauros viveram?

Os dinossauros viveram durante uma época chamada **Era** Mesozoica, que durou de 252 milhões de anos a 66 milhões de anos atrás. Essa era é dividida entre Triássico, Jurássico e Cretáceo. Grande parte dos dinossauros foi extinta no fim do Período Cretáceo. Cientistas encontraram fósseis de aproximadamente mil dinossauros de diferentes **espécies.** E pode ter muito mais por aí esperando para ser descoberto.

O *Tiranossauro Rex* foi um dos maiores **predadores**.

O *Thrinaxodon* foi um antepassado muito próximo dos mamíferos.

O *Eoráptor* era um caçador bípede não muito maior que um cachorro.

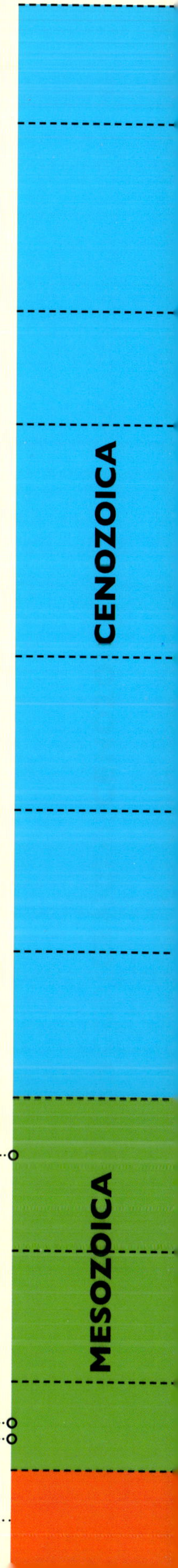

# O MUNDO ANTES DOS DINOSSAUROS

A primeira vida na Terra apareceu nos oceanos, cerca de 3,5 bilhões de anos atrás. Nos três primeiros bilhões de anos, a maioria das formas de vida eram organismos simples e microscópicos que viviam no mar.

## Explosão de vida

Cerca de 540 milhões de anos atrás, houve uma explosão de vida nos mares. Fósseis desse período mostram uma grande variedade de criaturas marinhas, de esponjas a mariscos até o extinto **artrópode** (animais com exoesqueleto). Nas águas surgiram os primeiros animais vertebrados, como o *Haikouichthys*. São esses os antepassados de todos os vertebrados, dos peixes aos dinossauros e até os humanos.

## Continue a nadar!

Os primeiros vertebrados eram peixes sem mandíbula conhecidos como ostracodermes, que apareceram na explosão de vida há 500 milhões de anos. Então, cerca de 460 anos atrás, o primeiro peixe com mandíbula surgiu, seguido pelo peixe com barbatanas há cerca de 350 milhões de anos.

O pequeno *Haikouichthys* tinha dois olhos e estrutura vertebral, que representa a primeira espinha dorsal.

O *Astraspis* era um ostracodermo com cabeça grande e corpo cônico.

O *Coccosteus* era um placodermo com mandíbula e escamas prateadas.

## Apressadinhos

Os peixes que desenvolveram quatro membros são conhecidos como **tetrápodes**. Para conquistar a terra, os tetrápodes precisavam ser capazes de se reproduzir fora d'água. Então, eles tornaram-se as primeiras criaturas a proteger seus filhotes dentro de um ovo duro e selado. Isso lhes deu uma grande vantagem sobre os outros anfíbios, que tinham que voltar à água para proteger seus ovos. Esses tetrápodes colocadores de ovos foram os primeiros répteis, os antepassados dos dinossauros.

*Hylonomus*

## Terra à vista

O *Acanthostega* era um tetrápode, mas passou mais tempo na água. Ele também tinha brânquias, barbatanas e membros. O mais interessante de tudo é que ele tinha múltiplos membros – oito dedos em cada. Isso sugere que os membros evoluíram na água.

# DESCOBRINDO OS DINOSSAUROS

Os primeiros fósseis de dinossauro foram identificados e nomeados no início do século XIX, no sul da Inglaterra, e eram, principalmente, ossos dispersos. Alguns dos ossos eram muito grandes e chegaram a confundir os cientistas que não sabiam a que tipo de animal aquilo pertencia.

## *Megalossauro* de Buckland

Em 1824, o clérigo inglês William Buckland descreveu um novo réptil gigante carnívoro, que recebeu o nome de *Megalossauro*, que significa "lagarto enorme". Ele calculou que a espécie tinha cerca de 12 metros, mas hoje sabemos que apresentava apenas 7 metros.

*Megalossauro de Buckland*

*Representação moderna do Megalossauro*

## *Iguanodonte* de Mantell

Um ano depois, em 1825, o geólogo inglês Gideon Mantell descreveu outro réptil gigante, desta vez um herbívoro. Ele o chamou de *Iguanodonte*, que significa "dente de iguana", porque os fósseis dos dentes eram similares aos das iguanas. No entanto, os fósseis eram tão grandes que fizeram Mantell acreditar que o Iguanodonte tinha mais de 18 metros de comprimento, mas na verdade o tamanho real estimado é de 13 metros de comprimento.

*Iguanodonte de Mantell*

*Representação moderna do Iguanodonte*

## Dinossauros de Owen

Só em 1841, o biólogo inglês Sir Richard Owen percebeu que os fósseis do *Megalossauro* e do *Iguanodonte* tinham características dos répteis vivos. Então, ele chamou os fósseis desses répteis extintos de "dinossauros", que significa "lagartos terríveis".

No Réveillon de 1853, um banquete foi servido dentro de um dos modelos de dinossauro feitos para a Grande Exposição de Londres.

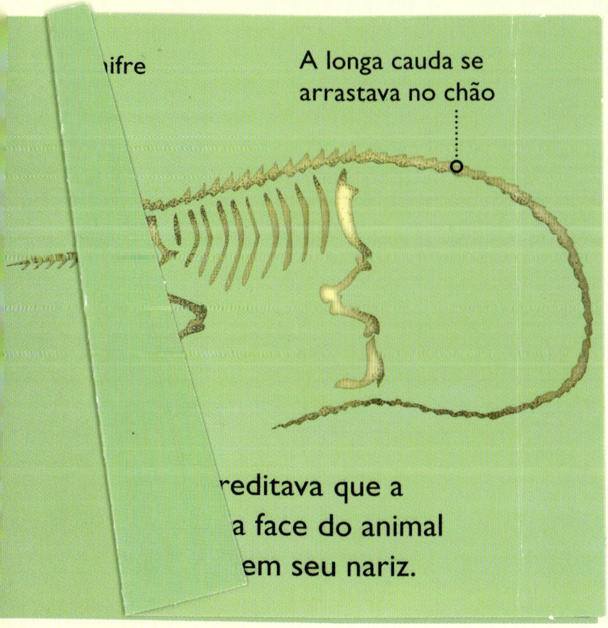


## Grande Exibição

Em 1851, Owen ajudou a criar o primeiro modelo em tamanho real de um dinossauro reconstruído, para a Grande Exposição em Londres. O escultor Benjamin Waterhouse Hawkins fez modelos do *Megalossauro*, *Iguanodonte* e diversos outros animais, que ele montou em um cenário com rochas e lagos. O material pode ser visto até hoje.

# MUNDO SEMPRE EM MUDANÇA

No início da Era dos Dinossauros, a Terra era muito diferente do que é hoje em dia. Havia apenas um supercontinente, chamado **Pangeia**, que se estendia do Polo Norte ao Polo Sul. A Pangeia era cercada por um vasto oceano conhecido por Pantalassa, que cobria dois terços da superfície terrestre.

## Permiano

A Pangeia formou-se no Período Permiano, antes da Era dos Dinossauros. Durante esse tempo, as regiões centrais da Pangeia estavam tão longe do mar que se tornaram áridos desertos, enquanto os rasos mares ao redor rejeitaram qualquer forma de vida.

Frente da transparência

No Período Triássico, a Pangeia atingiu sua maior extensão. O rápido aquecimento global fez do Triássico um dos períodos mais quentes da história da Terra, e muitos dinossauros foram obrigados a migrar para o interior da região. No fim do Triássico, o supercontinente começou a se fragmentar.

Verso da transparência

No Período Jurássico, a parte meridional dos **continentes** América do Sul, África, Índia, Antártica e Austrália, conhecida como Gondwana, afastou-se da parte setentrional dos continentes América do Norte, Europa e Ásia, conhecida como Laurásia.

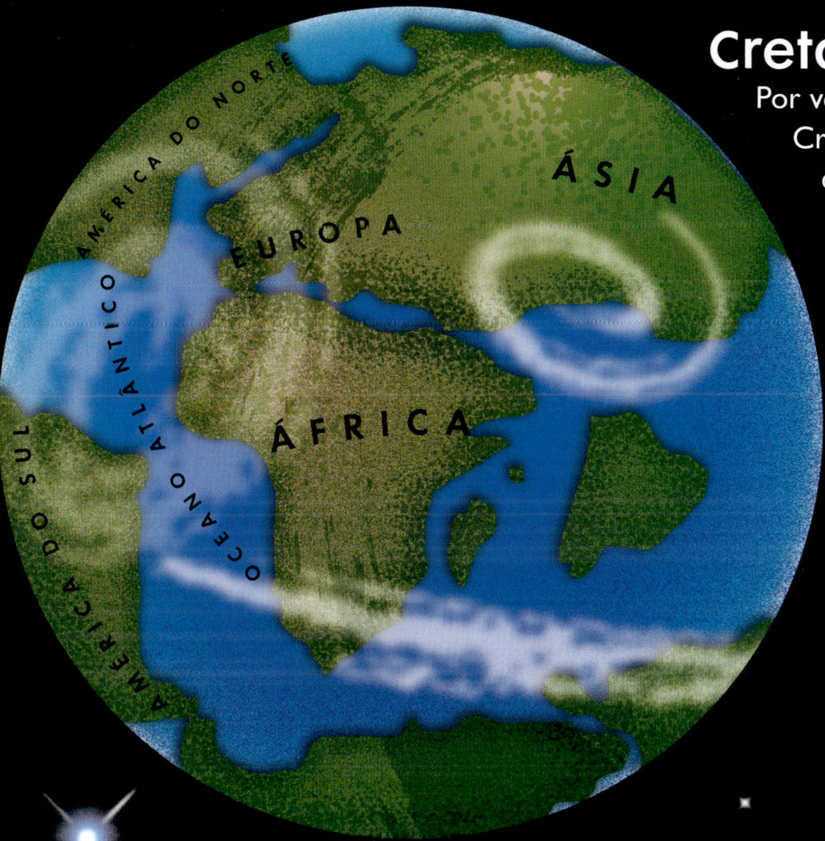


## Cretáceo

Por volta do Período Cretáceo, Gondwana começou a ter seus continentes separados. A abertura do Oceano Atlântico dividiu a América do Norte da Europa e da Ásia. Animais terrestres que se moviam livremente pela Pangeia não puderam mais fazer isso.

## O supercontinente Pangeia

O tamanho afetou diretamente o clima na Pangeia. Apenas animais que não precisavam de água para se reproduzir podiam viver em seus vastos desertos. Répteis que colocavam ovos, como o grupo Archosauria, do Período Triássico Tardio, estavam bem adaptados para sobreviver.

# OS PRECURSORES

No fim do Período Permiano, 252 milhões de anos atrás, uma atividade de massa vulcânica eliminou grande parte da vida na Terra. Mais de 70% dos animais terrestres e plantas foram mortos e 90% da vida marinha desapareceu. Levou mais de 30 milhões de anos para que houvesse plantas suficientes para alimentar os animais terrestres, os tetrápodes vertebrados.

*Ceresiosaurus*

## A variedade dos animais Triássicos

O início do Período Triássico foi dominado por diferentes tipos de criaturas. Havia muitos anfíbios de água doce e répteis que viviam em terra firme, inclusive os herbívoros, como o *Lystrosaurus*, e carnívoros, como o *Thrinaxodon* – um antepassado dos mamíferos. Também havia diferentes espécies de répteis arcossauros e alguns, como o *Ceresiosaurus*, retornaram para o mar.

*Thrinaxodon*

O *Ceresiosaurus* data de meados do Período Triássico, há cerca de 242 milhões de anos. Suas grandes nadadeiras permitiam que ele nadasse e caçasse muito rápido!

## Os antepassados

Os arcossauros triássicos incluíam o primeiro pterossauro voador. Havia também animais de pernas compridas, como o *Postosuchus*, similar aos crocodilos. Foi de animais desse tipo que os dinossauros evoluíram.

*Postosuchus*

*Herrerassauro*

Os *Plateossauros* podiam caminhar em quatro ou duas pernas. Também podiam se levantar em duas pernas para alcançar a comida ou se proteger de um ataque inimigo.

## Os primeiros

Os dinossauros do Período Triássico Tardio incluíam tanto os saurópodes herbívoros quanto o *Plateossauro* de quatro pernas, e o carnívoro **terópode** de duas pernas, como o *Herrerassauro*.

## *Celófise*

Um dos dinossauros mais reconhecidos inicialmente foi o *Celófise*, graças ao grande número de fósseis encontrados em rochas no Novo México. Este dinossauro terópode era pequeno, mas um feroz predador.

# EM CRESCIMENTO

Dentro do ovo dos dinossauros, a **gema** fornecia ao filhote em crescimento o alimento necessário. A casca protegia do sol, da chuva e do vento, mas não era muito grossa, pois precisava permitir que o oxigênio chegasse ao **embrião**.

## Ovo descascado

A estrutura selada do embrião é chamada de ovo amniótico, é isso que o mantém protegido em terra. Uma membrana chamada âmnio rodeia o embrião, e a gema fornece o alimento.

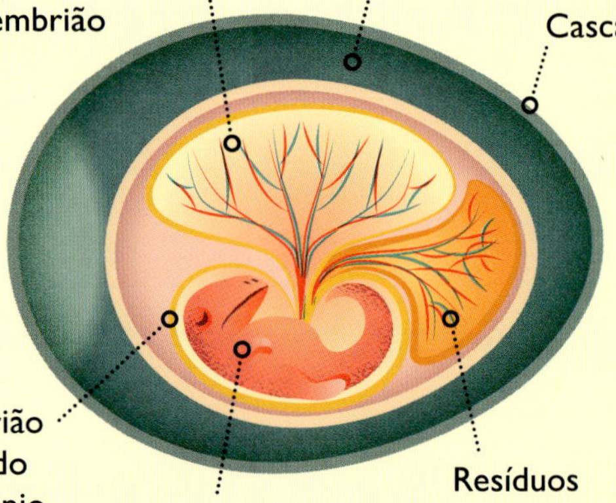


## Reprodução do Saurópode

Muitos fósseis de casca de ovo encontrados na Argentina revelam um vasto número de saurópodes gigantes reunidos durante a época de reprodução. Esses animais eram tão grandes que não podiam cuidar de seus ovos sem pisar neles, então os pais depositavam seus ovos e depois saíam da área dos ninhos para não danificá-los.

Alguns dinossauros pequenos, como o *Ovirraptor*, protegiam e chocavam seus ovos sentando neles, como os pássaros fazem!

## Ladrão de ovos?

*Ovirraptor* significa "ladrão de ovos", porque o cientista que encontrou o primeiro fóssil pensou que o dino havia morrido enquanto roubava ovos. Hoje nós sabemos que, na verdade, o *Ovirraptor* estava protegendo seu ninho. O dinossauro usava as penas para manter os ovos aquecidos durante a noite.

## Crescimento de um réptil

) dinossauro constrói um ninho e coloca seus ›vos. **1** O embrião é pequeno, mas protegido ›or uma casca dura. **2** Em algumas semanas, › embrião está maior depois de se alimentar la nutritiva gema. **3** Quando toda a gema › consumida, o filhote já está quase do amanho do ovo. **4** É hora de sair da casca!

## Tal pai, tal filho!

Quanto maiores os pais, maiores os filhos. A casca de ovo precisa ser grossa o suficiente para proteger o desenvolvimento do embrião, mas fina o bastante para que o dinossauro consiga sair na hora em que estiver pronto.

# GIGANTES DO MAR

Alguns dos primeiros répteis terrestres retornaram para o mar. Essas criaturas não eram dinossauros, e elas davam à luz, como os mamíferos, ao invés de colocar ovos.

## De volta para o mar

No Período Triássico, os ictiossauros, os plesiossauros e as tartarugas eram todos répteis marinhos. Mais tarde, no Período Cretáceo, um grupo de lagartos retornou para o mar – eles eram os mosassauros, um dos mais ferozes predadores marinhos que já existiu.

Uma tartaruga gigante, o *Archelon*, nadou pelos mares do Período Cretáceo.

## Plesiossauro

No Triássico Tardio, os plesiossauros eram predadores que tinham corpo de tartaruga, cauda curta e longas nadadeiras lisas para nadar. Alguns eram lentos nadadores com grandes pescoços e pequenas cabeças. Outros eram ágeis caçadores com pescoços curtos, cabeças grandes e mandíbulas poderosas.

O plesiossauro balançava seu pescoço de um lado para o outro para capturar suas presas.

## Mosassauro

No Período Cretáceo Superior, os mosassauros eram lagartos gigantes que acabaram retornando ao oceano. Alguns chegavam a quase 18 metros e tinham enormes maxilares repletos de dentes afiados **1**. Corpos e caudas poderosas **2** que eles usavam para nadar. Seus braços e pernas foram transformados em nadadeiras para ajudá-los a se guiarem. **3** Os mosassauros perseguiam tudo que se movia. **4** Até mesmo outros mosassauros podiam se tornar presas.

### Frente da transparência

Com apenas 2 metros de comprimento, o *Ictiossauro* era um predador com um focinho fino cheio de dentes afiados como navalha.

Um *Ictiossauro* fêmea dando à luz.

### Verso da transparência

O *Ictiossauro* nadava usando sua poderosa cauda, parecida com a de um tubarão, e caçava usando sua visão. Seus olhos eram grandes e protegidos por ossos.

## Ictiossauro

Os ictiossauros eram rápidos nadadores e excelentes predadores, muito bem adaptados à vida no mar. Eles se pareciam com os golfinhos, tinham corpos aerodinâmicos e musculosos, além do focinho fino e dos dentes afiados. Seus alimentos favoritos eram animais marinhos, como lulas e peixes.

Os maiores mosassauros podiam alcançar 18 metros.

## Monstros do abismo

Os primeiros fósseis de répteis marinhos foram encontrados no século XIX pela famosa paleontologista inglesa Mary Anning. O fóssil completo encontrado por ela na costa de Dorset causou grande repercussão. Apelidados de "monstros do abismo", os fósseis de répteis marinhos foram os primeiros fósseis gigantes a se tornarem conhecidos.

# PERÍODO JURÁSSICO: A ASCENSÃO DOS DINOSSAUROS

O Período Jurássico foi a verdadeira "Era dos Dinossauros". Durante essa época, muitas espécies de dinossauros se desenvolveram a partir de seus ancestrais do Triássico Inferior. O clima da Terra era quente e havia muitos mares interiores.

## Gigantes jurássicos

O Jurássico presenciou a aparição de grandes saurópodes. O *Braquiossauro* media mais de 22 metros e chegava a pesar 50 toneladas. Mas os mais jovens da espécie eram presas fáceis para os dinossauros carnívoros, como o *Megalossauro* e o ainda maior *Alossauro*, que chegava a quase 10 metros e pesava mais de 2 toneladas.

*Braquiossauro*

## Protegendo os herbívoros

Alguns dinossauros herbívoros possuíam placas em seus cascos para se protegerem, como os estegossauros e o *Huayangossauro*. Havia também os anquilossauros e o *Gargoyleosaurus*, que tinham fortes armaduras em seus corpos para se defender dos grandes predadores.

*Huayangossauro*

*Gargoyleosaurus*

## Requebrado animal

Os dinossauros podem ser classificados em dois grupos – os saurísquios, com os ossos do quadril iguais aos dos lagartos, e os ornitísquios, que se assemelhavam às aves.

Quadril dos saurísquios

Quadril dos ornitísquios

## Os primeiros mamíferos

Também no Período Jurássico viviam pequenos mamíferos, como o *Megazostrodon* e répteis arcossauros, como o *Protosuchus*. O céu era dominado por pterossauros voadores, e o mar, habitado por répteis marinhos, como os plesiossauros, ictiossauros, pliossauros, crocodilos marinhos e tartarugas.

*Megazostrodon*

# Mundo Jurássico

No Período Jurássico, os hemisférios Norte e Sul mudaram de estações. Um clima quente e com chuva em abundância significava que grande parte do mundo estava coberta de exuberantes florestas. As samambaias e árvores coníferas forneciam comida em abundância para o crescente número de saurópodes que se alastravam pelos continentes.

## Dinossauros voadores

Ao lado desses gigantes viviam muitos outros dinossauros, de todas as formas e tamanhos. Alguns dos pequenos carnívoros terópodes tinham penas. Foram desses animais que surgiram os primeiros dinossauros voadores, como o *Arqueópterix*.

Pequenas criaturas, como as aranhas, surgiram antes dos dinossauros.

## Mundo Triássico

O Período Triássico foi muito quente. A paisagem seca do deserto tinha pouca vegetação, mas havia plantas que cresciam nas margens dos rios e das regiões de costa. Pequenos dinossauros surgiram, juntando-se a libélulas, aranhas e escorpiões. Esses bichos assustadores evoluíram antes dos dinossauros.

# TERRA DE GIGANTES

Os saurópodes que surgiram durante o Período Jurássico foram os maiores animais que já viveram na Terra. Eram todos herbívoros, uma das razões pela qual eles cresciam tanto.

## Ancestrais Triássicos

Dinossauros saurópodes, como o *Plateossauro*, apareceram no Período Triássico Tardio. O *Plateossauro* foi um herbívoro que podia andar com suas pernas traseiras. Ele podia alcançar 10 metros de comprimento e tinha a cauda e o pescoço longos, enquanto a cabeça era pequena.

## Dinossauros saurópodes

Os grandes corpos dos saurópodes eram sustentados por quatro pernas muito fortes. Eles tinham longos pescoços, cabeças pequenas e uma cauda comprida e musculosa. Os saurópodes viveram na Terra por mais de 100 milhões de anos — até o fim do Período Cretáceo. Foram encontrados fósseis dessa espécie em todos os continentes, exceto na Antártica.

*Plateossauro*

# Gigantes Jurássicos

Os primeiros saurópodes descobertos não eram muito grandes. O *Barapassauro*, por exemplo, media 11 metros de comprimento e tinha a mesma forma dos dinos gigantes anteriores, como a cabeça pequena, cauda e pescoço longos e um pesado corpo sustentado por quatro fortes pernas.

*Barapassauro*

Esqueleto do *Diplódoco*

## Supersaurópodes

Os primeiros saurópodes gigantes, como o *Diplódoco* e o *Supersauro*, viveram na América do Norte durante o Período Jurássico Tardio. Com longos pescoços e caudas, alguns chegavam a 21 metros. No entanto, eles não podiam levantar seus pescoços para cima como as girafas fazem hoje em dia. Alguns deles, como o *Argentinossauro*, ainda ocupavam a América do Sul no Período Cretáceo.

*Supersauro*

*Diplódoco*

*Argentinossauro*

## Grandes comedores

Para obter energia suficiente das plantas, os herbívoros tinham que comer muito! Assim, muitos deles precisavam de estômagos gigantescos para comportar todo o alimento e fazer a digestão lentamente.

*Argentinossauro* em comparação com a baleia-azul e o elefante africano.

# DIETA DE DINOSSAURO

A vida na Terra depende das plantas, que usam a luz do sol para produzir a energia necessária para viver. Sem as plantas como alimento, não haveria animais terrestres.

Os saurópodes de pescoço longo podiam comer os ramos das plantas que estavam longe do alcance de outros herbívoros.

## Herbívoros

As plantas são difíceis de comer. Suas fibras são resistentes, algumas têm espinhos e também não são fáceis de digerir.

## Carnívoros

Já a carne é muito mais fácil de digerir. Pode ser engolida em grandes pedaços e fornece mais energia do que as plantas. Mas primeiro é necessário encontrar o alimento. Os carnívoros são predadores que matam outros animais para se alimentar ou **carniceiros** que comem a carcaça de animais mortos.

Um grande terópoda podia arrancar tiras de carne com sua mordida poderosa.

## Problemas de digestão

Os dinossauros herbívoros, como o hadrossauro, tinham o corpo e os dentes diferentes dos dinossauros carnívoros. Essa espécie usava seus dentes para recolher o alimento e então cortavam e trituravam as plantas antes de engolir. Os hadrossauros precisavam de grandes estômagos por causa do lento processo de digestão das plantas.

Os dentes posteriores serrilhados do hadrossauro conseguiam moer as plantas mais resistentes.

*Hadrossauro*

## Dentes afiados

Os dinossauros carnívoros, como o tiranossauro, precisavam de dentes afiados para matar suas presas e arrancar a carne dos ossos. Seus estômagos eram menores que os dos herbívoros, porque a carne tem uma digestão mais rápida e fácil.

*Tiranossauro*

Os dentes do *Tiranossauro* tinham 30 centímetros e eram curvados para arrancar pedaços de carne.

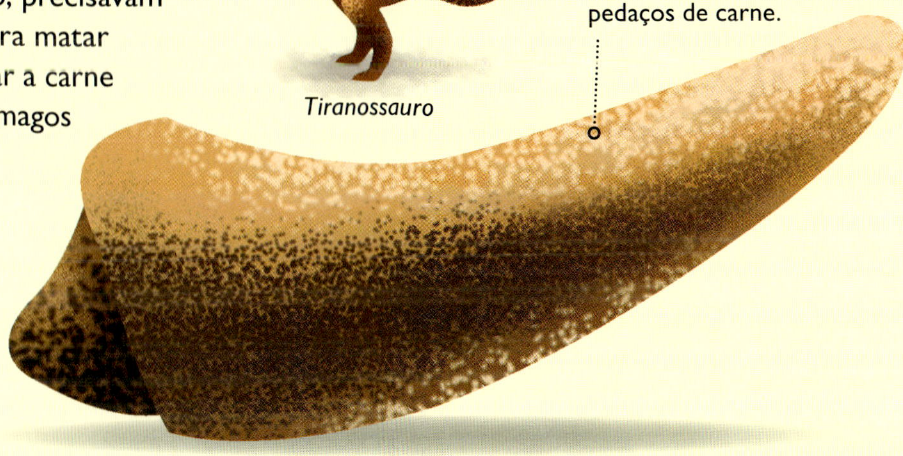

Crânio de *Estegossauro*

## Formatos diferentes

O *Estegossauro* tinha um maxilar pequeno e fino com dentes similares. Essas características eram ideais para se alimentar de samambaias e outras plantas baixas. No extremo oposto estava o *Tiranossauro*, cuja mordida monstruosa podia dilacerar grandes e pesados pedaços de carne.

# RÉPTEIS VOADORES

Os pterossauros eram répteis voadores que apareceram ao mesmo tempo em que os primeiros dinossauros. Os pterossauros não eram dinossauros, mas evoluíram dos arcossauros répteis ancestrais. Como muitos outros dinossauros, no entanto, os pterossauros morreram no fim do Período Cretáceo, 66 milhões de anos atrás.

Muitos pterossauros tinham **cristas** que podiam ser usadas para atrair parceiros ou para ajudar a se orientarem durante os voos.

## O Grande e o Pequeno

Os pterossauros foram os primeiros vertebrados a voarem batendo as asas. Entre eles estava o maior animal que já voou. Seu nome era *Quetzalcoatlus*, e tinha uma **envergadura** gigante de mais de 10 metros. Já o menor pterossauro, o *Peteinosaurus*, não era maior que um melro.

Entre os continentes havia muitos mares rasos.

## Cretáceos voadores

Os pterossauros voadores ainda dominavam o ar, mas passaram a competir com outra espécie de dinossauros com penas – os pássaros.

## Mamíferos

Embora os répteis ainda governassem a Terra, já havia um pequeno número de mamíferos. A maioria era do tamanho de ratos, como o *Repenomamus*, pequenos predadores que chegaram a comer bebês dinossauros. Sangue quente, pelo isolante e capacidade de dar à luz, separou os mamíferos dos dinossauros.

*Repenomamus*

## Cretáceo

No último período dos dinossauros, o clima na Terra esfriou. Um clima úmido produziu florestas tropicais e de pinheiros. A primeira grama cresceu e as primeiras flores surgiram. Os predadores carnívoros se tornaram tão grandes e ferozes que os herbívoros desenvolveram uma forte armadura para poderem se proteger.

## Águas Rasas

O nível do mar cretáceo era cerca de 200 metros acima do que é hoje. Então, grandes quantidades de água inundaram algumas porções de terra. E muitos mariscos e peixes tornaram-se alimento para diferentes tipos de répteis, como o ictiossauro, o plesiosauro e o mosassauro.

O *Shanweiniao* foi um pássaro cretáceo, que agora está extinto, e se assemelha muito aos pássaros atuais.

# PREDADORES GIGANTES

Os maiores carnívoros que já andaram na Terra foram os gigantes predadores do Período Cretáceo Inferior. O *Tiranossauro Rex* e seu primo *Tarbossauro* foram ferozes tiranossauros que alcançaram mais de 12 metros de comprimento.

## Caçando

Os grandes dinossauros predadores tinham poucos inimigos. No entanto, esses carnívoros precisavam caçar e matar suas presas. As presas, por sua vez, tinham várias maneiras de se proteger, como correr, viver em grandes bandos ou ter proteções nos seus corpos, como caudas com espinhos.

Apesar do grande peso, os tiranossauros tinham pernas longas e fortes, o que significa que talvez eles pudessem correr atrás de suas presas.

## Cabeção e bracinhos

Todos os tiranossauros tinham estruturas corporais semelhantes. O corpo pesado era sustentado por poderosas pernas, enquanto uma grande cabeça se equilibrava sobre um pescoço curto e, no quadril, uma longa e forte cauda ajudava a manter o equilíbrio. Os pequeninos, mas fortes braços, podem ter sido usados para agarrar as presas, porém, ninguém tem certeza.

## Assassinos ou carniceiros?

Os tiranossauros tinham boa visão, olfato e audição, o que significa que eles podiam rastrear em tempo real presas e animais mortos. É provável que eles apenas caçassem animais vivos quando não encontravam animais mortos para comer. Os fósseis de grandes herbívoros foram encontrados com marcas de dentes de tiranossauro.

## Primo distante

O *Tiranossauro Rex* morou na América do Norte e alcançava mais de 12 metros de comprimento, além de pesar quase 9 toneladas. Seu primo distante, o *Tarbossauro,* viveu na Mongólia e na China, o que significa que esses dois gigantes nunca se encontraram.

# CAÇADORES UNIDOS

Nos dias de hoje, lobos e hienas são pequenos carnívoros que trabalham em grupo para caçar e matar uma presa grande. Algumas evidências encontradas em fósseis sugerem que alguns dinossauros também tenham caçado em bandos.

## *Deinonico*

O *Deinonico* foi um dinossauro carnívoro que alcançava mais de 3 metros. Viveu na América do Norte durante o Período Cretáceo Superior. Com um corpo delgado, uma cauda rígida e pernas longas, era um ágil predador. A descoberta de dentes de um *Deinonico* nos restos mortais de um *Tenontossauro* levou os cientistas a concluírem que o herbívoro foi caçado e carregado por um bando de *Deinonicos*.

Caçar em bando permitiu ao *Deinonico* comer presas muito maiores que ele. As garras nos pés, em forma de foices, podem ter sido usadas para cortar de cima para baixo.

# Pés com garras

O *Deinonico* tinha um dos dedos apontados diretamente para a frente. Já o segundo dedo de cada pata tinha o formato de uma grande e afiada garra, que pode ter sido usada para caçar presas menores.

A garra em formato de foice era usada para caçar e não para andar.

# Como um bando caça sua presa

Os predadores em bando modernos são geralmente animais machos ou fêmeas da mesma família. Eles trabalham juntos para caçar e matar suas presas. Muitos cientistas acreditam que os dinossauros caçavam da mesma forma.

**1 Busca**

O grupo viaja, talvez seguindo o cheiro de um rebanho.

**2 Abordagem**

O grupo localiza o rebanho, segue-o e se aproxima.

**4 Ataque Individual**
O grupo foca no indivíduo mais fraco e ataca!

**5 Captura**
A presa é enfraquecida pela perda de sangue e também pelo trauma. O animal desaba e é devorado.

**3 Grupo de Ataque**
O rebanho percebe a aproximação dos predadores e foge. O grupo persegue o rebanho, identificando o indivíduo mais fraco.

Mesmo um grande caçador como o *Alossauro* não poderia ter matado um saurópode gigante sozinho, mas pode ter caçado em grupos.

## *Alossauros* em bandos

O *Alossauro* era um dinossauro gigante que andava sobre duas patas e pode ter alcançado mais de 8 metros. A espécie vivia na América do Norte durante o Período Jurássico Tardio. Fósseis de mais de 46 dinossauros foram encontrados no Cleveland-Lloyd Dinosaur Quarry, em Utah, nos Estados Unidos. A descoberta de um grupo tão grande sugere que os *Alossauros* tenham vivido em grupos, ou que morreram juntos em um grande buraco de água.

# ARMADURA PRÉ-HISTÓRICA

Muitas espécies de dinossauros do Período Cretáceo desenvolveram pesadas armaduras para se protegerem dos predadores ou de bandos caçadores.

## Armadura

Assim como os cavaleiros medievais usavam armaduras de metal, os dinossauros herbívoros também precisavam de proteção. Mas essa proteção podia ser pesada, rígida e muitas vezes não acompanhava o seu crescimento. Grande parte dos dinossauros resolveu esses problemas, mas nem todos eles.

## Anquilossauros

O *Anquilossauro*, assim como o *Euoplocéfalo*, foi um dos herbívoros com armadura mais pesada do Período Cretáceo. O corpo grande e pesado fazia com que eles se movimentassem vagarosamente, por isso precisavam de espinhos, chifres e caudas para se defender dos predadores.

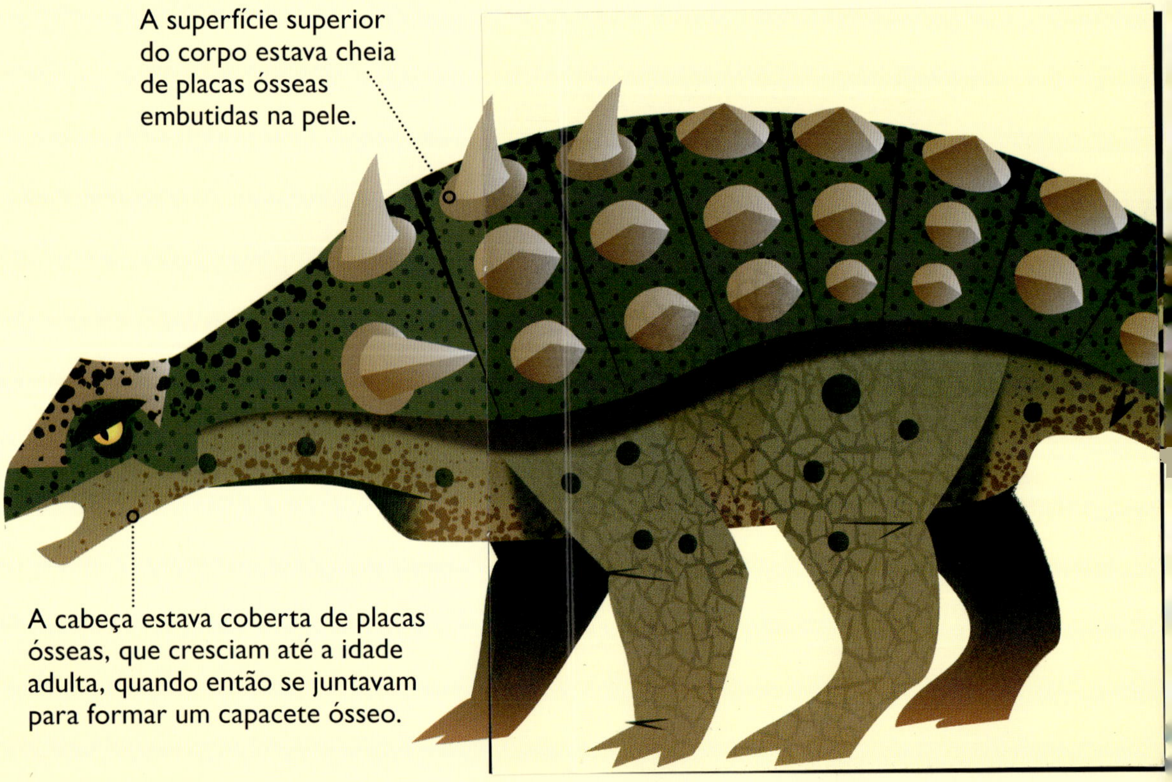

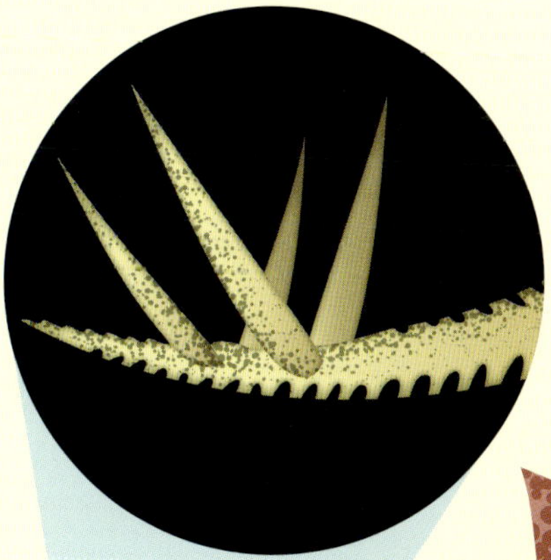

## Arma afiada

A cauda do estegossauro terminava com uma forma achatada e placas espirais, formando uma arma chamada **thagomizer**.

## Estegossauros

Os estegossauros herbívoros eram protegidos por duas grandes fileiras verticais de placas ósseas nas costas. O *Estegossauro*, que alcançou mais de 9 metros de comprimento e viveu no Jurássico Tardio, foi o maior dos estegossauros. Tinha cerca de 20 placas traseiras e 2 metros de altura.

O osso espesso e mais volumoso nas extremidades da cauda tinha a forma de uma clava.

## Armas defensivas

A extremidade volumosa da cauda possuía uma enorme estrutura óssea semelhante a uma clava. Quando essa estrutura girava de um lado para o outro, funcionava como um martelo, capaz de esmagar até ossos.

# VIDA EM GRUPO

A maioria dos dinossauros eram herbívoros e foi caçada por dinossauros carnívoros. Os herbívoros precisaram encontrar maneiras de sobreviver, que incluíam viver em grupos, como muitos mamíferos herbívoros fazem até hoje.

## Rebanhos

Os *Triceratopes* e os *Centrossauros* viviam em pequenos grupos familiares e grandes rebanhos na América do Norte durante o Período Cretáceo Tardio. Ambos possuíam formas similares aos rinocerontes de hoje em dia: enormes, lentos e herbívoros.

## Proteção em grupo

Ter mais olhos, ouvidos e narizes deram aos grupos maiores chances de detectar predadores famintos. E os predadores eram mais cautelosos em lidar com um grande número de dinossauros armados com chifres longos e afiados.

## Olhos e Orelhas

Nem todos os herbívoros tinham chifres ou armaduras como forma de proteção. Grandes hadrossauros, como o *Edmontossauro*, podiam usar seu tamanho para se defender, mas a principal proteção era o alerta dado pelos dinossauros adultos mais cautelosos e experientes.

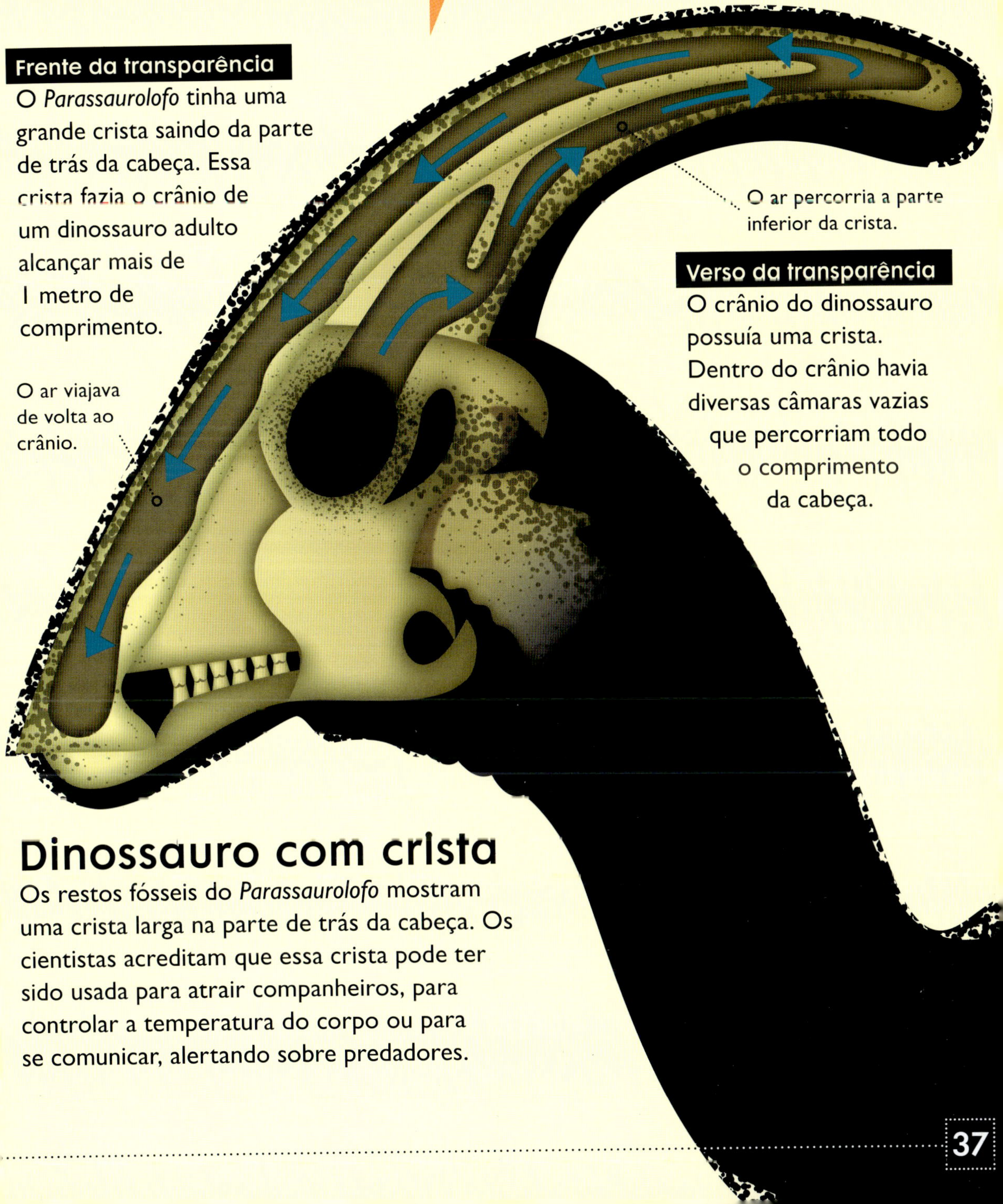


**Frente da transparência**

O *Parassaurolofo* tinha uma grande crista saindo da parte de trás da cabeça. Essa crista fazia o crânio de um dinossauro adulto alcançar mais de 1 metro de comprimento.

**Verso da transparência**

O crânio do dinossauro possuía uma crista. Dentro do crânio havia diversas câmaras vazias que percorriam todo o comprimento da cabeça.

## Dinossauro com crista

Os restos fósseis do *Parassaurolofo* mostram uma crista larga na parte de trás da cabeça. Os cientistas acreditam que essa crista pode ter sido usada para atrair companheiros, para controlar a temperatura do corpo ou para se comunicar, alertando sobre predadores.

# CRETÁCEO TARDIO

As paisagens do Cretáceo Tardio foram preenchidas com muitos tipos diferentes de dinossauros. Entre eles estavam os maiores e mais ferozes animais que já existiram. Os fósseis encontrados na América do Norte dão indícios de como essas criaturas viveram.

## Herbívoros

As planícies costeiras foram cobertas de rios, pântanos, lagos e muita vida vegetal. Essas plantas alimentaram as manadas de dinossauros que viveram por lá. Havia estegossauros, como o *Estegossauro*, e ceratopsianos, como o *Chasmossauro*, que se alimentava de plantas rasteiras, e hadrossauros, como o *Lambeossauro*, que se alimentava de árvores.

## Hadrossauros

Os hadrossauros tinham excelente visão e audição. Também possuíam uma variedade estranha de cristas na cabeça, as quais os cientistas acreditam que eles usavam para alertar sobre a aproximação de predadores, como os gigantes tiranossauros.

# Carnívoros

Os principais predadores do Período Cretáceo Tardio foram os tiranossauros e seus parentes. Os dinossauros herbívoros da América do Norte foram caçados por tiranossauros, como o *Gorgosaurus* e o *Tiranossauro Rex*. Mas também havia carnívoros de menor porte, porém extremamente ágeis. Como o *Deinonico* e o *Saurornitholestes*, cuja maioria tinha pena, mas não podia voar.

## Mar Interior

Estudos indicam que a região do Mar Interior Ocidental, localizada onde hoje é a América do Norte, era quente e tinha clima tropical na época dos dinossauros. O mar era repleto de vida marinha, e as áreas costeiras eram o terreno ideal para a caça dos grandes predadores: eles podiam se esconder na espessa vegetação e ficar à espreita das presas.

# O Período Cretáceo na América do Norte

Centenas de esqueletos de dinossauros do Período Cretáceo Superior foram encontrados na parte ocidental da América do Norte. Estudos das rochas e fósseis indicam que havia enormes áreas costeiras ao lado de uma grande via marítima interior que se estendia do Golfo do México até o Oceano Ártico.

# A GRANDE EXPLOSÃO

Cerca de 66 milhões de anos atrás, um enorme asteroide atingiu a Terra, causando grande devastação. O impacto foi tamanho que pedras explodiram e água dos mares emergiu, resultando em drásticas mudanças climáticas.

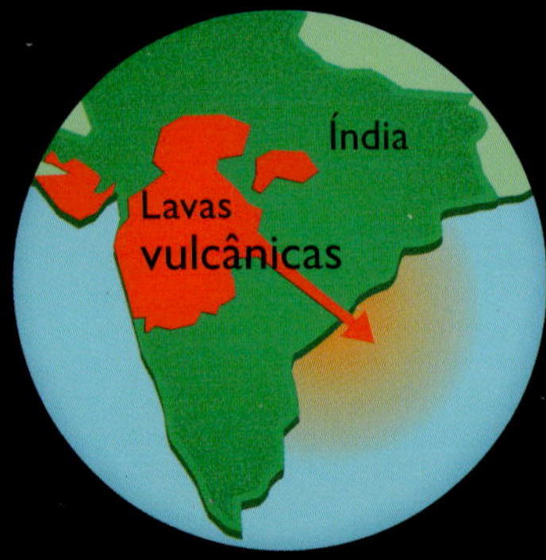


**Frente da transparência**

A explosão causada pelo impacto do asteroide na Terra gerou detritos que bloquearam a luz solar, resfriando o clima ao redor do globo.

**Verso da transparência**

Com menos luz solar e plantas secas, grandes áreas de terra foram devastadas. Os dinossauros não conseguiriam sobreviver a tamanha mudança.

## A força do asteroide

Embora não seja visível na superfície, o impacto causado pelo asteroide abriu uma gigantesca cratera abaixo da Península de Yucatán no México. A cratera chegou a mais de 20 quilômetros de profundidade, até que suas paredes ruíram.

## Lavas poderosas

Ao mesmo tempo, lavas de erupções vulcânicas devastaram Deccan, região da Índia, e lançaram gases no ar. A adição dos gases ao impacto do asteroide piorou ainda mais o clima.

## Vítimas da extinção

O impacto coincidiu com a extinção dos dinossauros e seus parentes, incluindo o pterossauro, os marinhos mosassauros, o plesiossauro e muitos outros microrganismos. A coincidência é tanta que é altamente provável que os dois eventos estejam conectados.

## A quebra da cadeia alimentar

Mais de 70% de todas as espécies de plantas e animais foi exterminada. As plantas terrestres eram as mais vulneráveis e morreram junto com os herbívoros que precisavam se alimentar delas. Seguindo a cadeia, os carnívoros também se extinguiram. Entre os sobreviventes, restaram os dinossauros semelhantes aos pássaros e aos mamíferos.

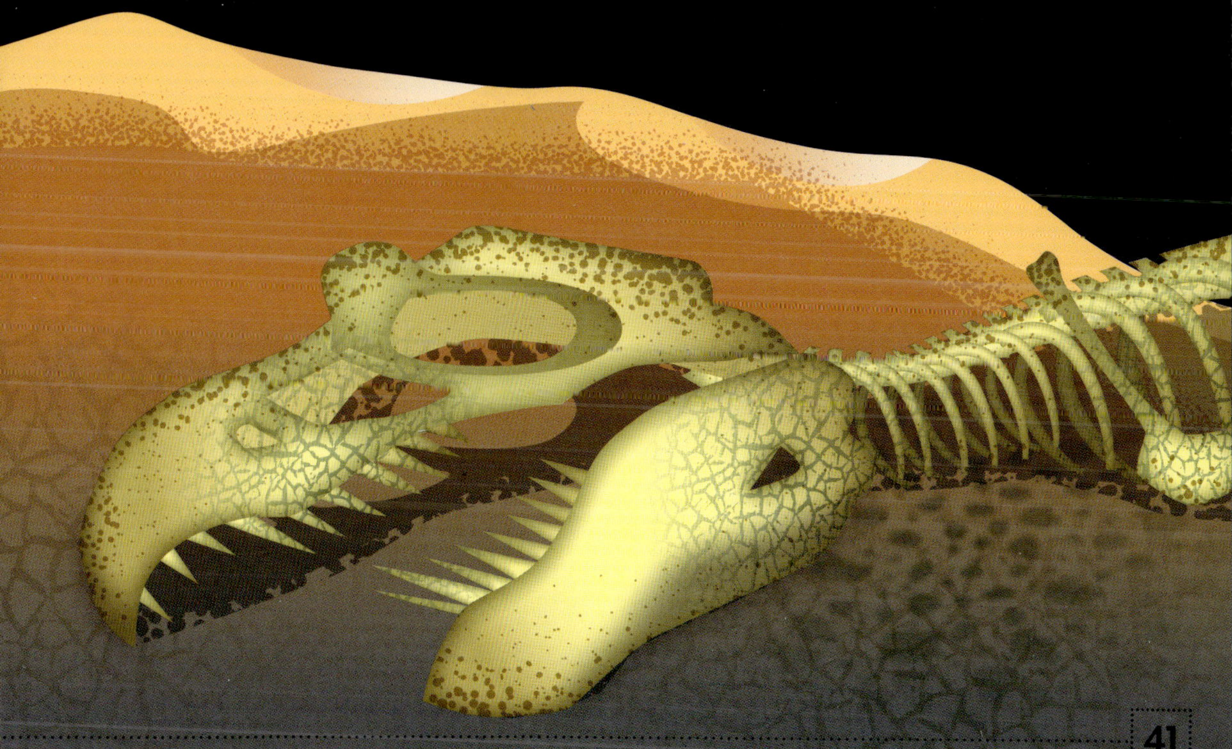

# OS DINOSSAUROS HOJE

Embora os mamíferos tenham se tornado extremamente bem-sucedidos com cerca de 5.400 espécies vivas, ainda há cerca de 4.600 espécies de lagartos, aproximadamente 3.000 espécies de cobras e mais de 10.000 espécies de aves. Como as aves são descendentes dos terópodes, podemos dizer que os dinossauros ainda vivem nos dias de hoje.

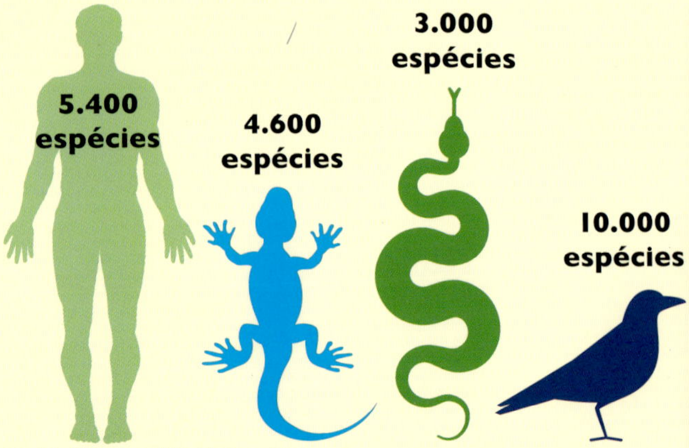


O *Arqueópterix* tinha aproximadamente o tamanho de um pombo. Suas asas eram bem desenvolvidas e ele podia voar, mas ainda possuía características de répteis.

Com uma longa cauda óssea e dentes afiados, o esqueleto do *Arqueópterix* é similar ao de um pequeno terópode.

Este fóssil conservado mostra uma pena que pertenceu a um *Arqueópterix*.

## Dino-ave!

Desde que foram encontrados restos fósseis de um *Arqueópterix* na Alemanha com vestígios de penas em suas asas, os cientistas perceberam que as aves e os dinossauros estavam intimamente relacionados.

## Aves Cretáceas

O *Arqueópterix* viveu no Período Jurássico Final e foi um dos primeiros dinossauros que podiam voar. Só no Período Cretáceo o número desses répteis voadores, como o *Jeholornis* e o *Confuciusornis*, cresceu. Mas a maioria deles se extinguiu no final do Período Cretáceo.

*Confuciusornis*

O corpo do *Sinosauropteryx* pode ter sido coberto por pequenas penas.

## Dinossauros Emplumados

Já foram encontradas mais de 40 espécies de dinossauros com o corpo revestido por penas, como o *Sinosauropteryx* e o *Microraptor*, mas apenas alguns deles podiam voar. Os cientistas acreditam que as penas ajudavam os dinossauros a manterem a temperatura corporal.

# CURIOSIDADES

As pernas do *Tiranossauro Rex* indicam que a espécie podia correr a uma velocidade média de 35 quilômetros por hora – praticamente a velocidade de um corredor olímpico.

**Os poderosos dentes do *Tiranossauro Rex* podiam triturar cerca de 250 quilos de carne em uma única mordida.**

O *Braquiossauro* foi um dos dinossauros mais pesados, com cerca de 80 toneladas – o equivalente a 70 elefantes.

O *Hadrosaurus* tinha mais de 960 dentes alinhados dentro de sua boca, enquanto outro hadrossauro, o *Shantungosaurus*, tinha mais de 1.500 dentes.

**O *Quetzalcoatlus* pesava mais de 200 quilos, mais de 20 vezes o peso da maior ave viva atualmente.**

**O *Estegossauro* tinha o cérebro do tamanho de uma noz.**

# QUIZ

Descubra as respostas na página 48.

**1. Quando os dinossauros foram extintos?**

2. Qual tamanho o mosassauro podia atingir?

## 3. O que o nome *Ovirraptor* significa?

4. Qual o nome do supercontinente que se despedaçou dando fim ao Período Triássico?

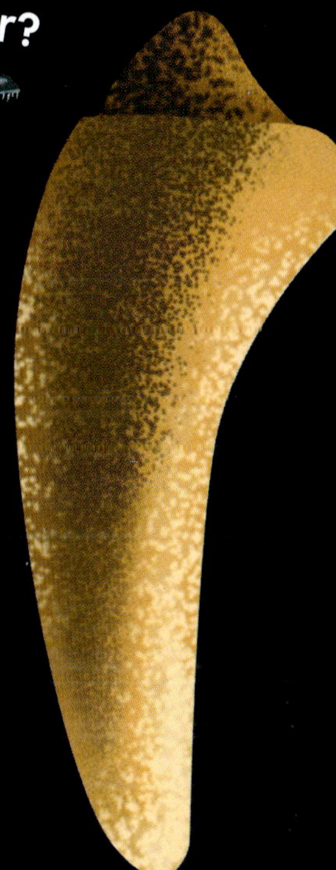

## 5. Qual o tamanho do dente do *T-Rex*?

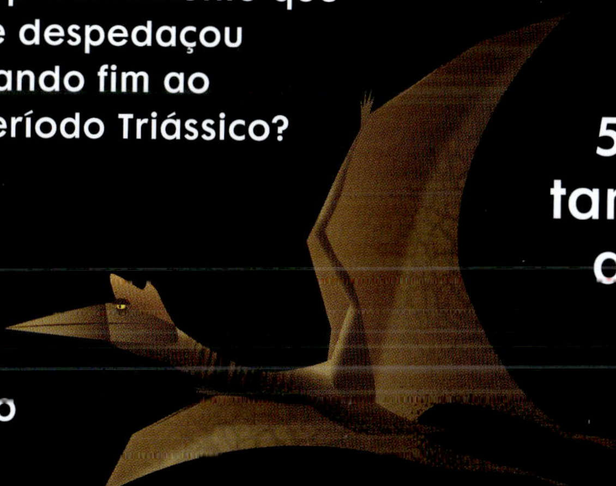

6. Quanto media a envergadura do *Quetzalcoatlus*?

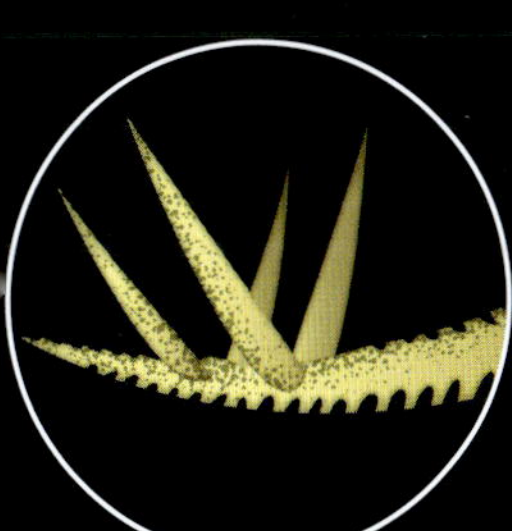

**7. Qual o nome da cauda do estegossauro?**

## 8. Quantas espécies de aves modernas existem atualmente?

# GLOSSÁRIO

## Albumina
Substância gelatinosa que envolve a gema e o embrião em desenvolvimento dentro de um ovo, fornecendo suporte e proteção para o animal antes do nascimento.

## Angiospermas
As angiospermas ou angiospérmicas são plantas espermatófitas cujas sementes são protegidas por uma estrutura denominada fruto.

## Arcossauros
Grupo de répteis que se destaca dos demais pela sua importância tanto atual como no passado. Trata-se de um grupo que surgiu no início da Era Mesozóica e que se espalhou pelos diversos continentes, onde se tornou os vertebrados dominantes.

## Artrópode
Os artrópodes são um filo de animais invertebrados que possuem exoesqueleto rígido e vários pares de apêndices articulados, cujo número varia de acordo com a classe.

## Barbatanas
Barbatanas ou nadadeiras são os órgãos externos que muitos animais aquáticos usam para a locomoção e equilíbrio.

## Carniceiro
Animais carniceiros são aqueles que se alimentam de carniça, ou seja, de carne em estado de putrefação. Geralmente, eles se alimentam da carcaça abandonada de animais que foram caçados por outros (predadores). Também se alimentam da carniça de animais que morreram devido a causas acidentais ou naturais.

## Continente
Grandes massas de terra cercadas por água, como a Europa, África e Ásia por exemplo.

## Crista
Crescimento que ocorre ao longo do topo da cabeça de um animal. As cristas podem ser de penas, pelos, pele, ossos ou chifres.

## Embrião
O embrião corresponde ao estágio inicial do desenvolvimento de um organismo. Nas plantas, é uma parte da semente; nos animais, é o produto das primeiras modificações do óvulo fecundado, que vai dar origem a um novo indivíduo.

## Envergadura
Distância entre as extremidades das asas, quando abertas.

## Era
Unidade de tempo geológico, como o Mesozoico e o Cenozoico. As Eras geralmente duram centenas de milhões de anos e são divididas em unidades de tempo denominadas períodos.

## Espécies
Grupo de animais e plantas que possuem as mesmas características e podem se entrecruzar e reproduzir descendentes férteis.

## Extinção
Quando algo morre e desaparece completamente.

## Gema
Parte amarela de um ovo que fornece ao animal o desenvolvimento com os nutrientes de que necessita para evoluir até o nascimento.

## Pangeia
Supercontinente que começou a se dividir cerca de 200 milhões de anos atrás.

## Período
Unidade de tempo geológico, como o Triássico e o Cretáceo. Os períodos geralmente duram dezenas de milhões de anos.

## Polinização
Polinização é o ato da transferência de células reprodutivas masculinas através dos grãos de pólen que estão localizados nas anteras de uma flor, para o receptor feminino de outra flor, ou para o seu próprio estigma.

## Predadores
Animais que matam e comem outros animais.

## Saurópode
Os saurópodes foram um dos dois grandes grupos de dinossauros saurísquios ou dinossauros com bacia de réptil. Os seus corpos eram enormes, com um pescoço muito comprido que terminava em uma cabeça muito pequena.

## Terópode
Os terópodas ou terópodes são um grupo de dinossauros bípedes, carnívoros e onívoros, pertencentes à ordem Saurischia. As aves descendem do grupo Theropoda.

## Tetrápode
Os tetrápodes constituem uma superclasse de vertebrados terrestres, possuidores de quatro membros. Os tetrápodes evoluíram dos peixes de nadadeira há cerca de 395 milhões de anos, no Período Devoniano.

## Thagomizer
Nome dado à cauda de um estegossauro.

## Vertebrados
Animais que têm uma espinha dorsal.

# ÍNDICE



**Respostas:**

– Há 66 milhões de anos.
– Em média, 18 metros de comprimento.
– O nome quer dizer "Ladrão de Ovos".
– O supercontinente é a Pangeia.
5 – Cerca de 30 centímetros.
6 – Mais de 10 metros.
7 – Thagomizer.
8 – Cerca de 10.000 espécies.